KB077316

_____ 님께

외로운 사람

외로움이 흘러들어
섬이 되었다

그 섬에서
갈매기 한 마리 내려앉을 자리 없는
그 섬의 끄트머리에서

철근 도막을 갈아 바늘이 될 때까지
빗소리 싸락눈 간이역으로
오래
웅크리고 살았다

혼자 있는 시간이 늘고 있다.

혼자 있을 때면 어김없이 찾아드는 외로움.

외로움에 젖으면 인생이 공허해지고 슬퍼진다.

친구를 만나 술 한 잔 해도, 일이 있어 밖에 나갔다 와도 그
때뿐, 사무치는 외로움.

여럿이 있어도 힘들다. 피곤하고, 짜증나고, 여기저기 부딪히고. 어느 순간 문득 옆이 텅 비었다는 느낌.

'외롭다'는 말. [외 + 롭다]에서 '외' = 하나니까, 외로운 건
혼자 있다는 것.

20   .   .   . (요일)

그래, 오죽하면 신도 외로워 세상을 창조했을까?

모든 존재는 외롭다. 외로움은 모든 것들의 존재조건이다. 외롭지 않으면 그 무엇이 아니지.

그렇게 느끼는 외로움은 정서적 외로움이야. 대인관계에 상관없이 혼자라는 데서 오는 외로움. 이 외로움은 애착 대상물인 배우자나 애인, 자녀, 부모 등과의 친밀감이 채워지지 않을 때 나타나.

사회적 외로움은 집단이나 사회적 관계망(소속감)이 결여 되었을 때 나타나. 이 외로움은 일상에서 타인과의 관계를 통해 소속감을 발달시키고, 친밀감을 키움으로써 감소될 수 있어.

외로움은 혼자 있게 되었을 때 느끼는 고통스런 감정이야. 외로우면 슬픔, 그리움, 무력감을 느껴. 자기가 버려졌다고 생각하니까.

사람들은 외로우면 자기 삶이 망가졌다고 생각해. 삶에 실패해서 외롭다는 거지. 그게 아닌데도 말이야.

혼히 외로운 사람은 자기에게 문제가 있다고 생각하는데 그렇지 않아. 타인과 교류가 없으면 실패자고, 친구가 없으면 뭔가 부족해서 그럴 거라는 말은 잘못된 거야.

파트너가 생기면 외로움이 저절로 해결될 거라고 생각하는 사람이 있어. 그렇지 않을 수도 있는데.

자신이 못나고 한심하게 느껴질 때, 그리하여 결정적으로 〈마음의 문을 닫아버릴 때〉 외로움의 가시울타리에 갇히게 돼.

잠깐 잠깐 느끼는 외로움은 괜찮아. 근데 외로움이 만성적으로
깊어지면 삶에 대한 의욕도 자부심도 희망도 모조리 바닥나.

근데 우리는 왜 이렇게 외로워하지?

자기가 외롭다고 말할 수만 있어도 그 사람은 외로움의 터널에서 벗어날 수 있어. 겉으로는 안 외로운 척하면서 속으로 외로움에 절어 있는 사람들이 더 문제야.

가정의 변화가 있겠지. 요즘 가정은 잠시 머물다가는 정류장이잖아? 집에 들어와 옷만 갈아입고 잠만 자고 나가는. 가족도 각자 하는 일이 있을 뿐 유대감이 없어. 가족 간에도 외로움과 소외감을 느끼니까.

잦은 이동도 외로움을 부추겨. 요즘 도시에선 해마다 주민 19%가 이사를 다닌대. 직장도 비정규직에 거의가 알바니까, 한곳에 소속감을 갖고 정붙이며 살기 어렵지.

우리 사회가 경쟁사회인 것도 그래. 경쟁의 결과는 외로움이 야. 승자든 패자든 외로움의 그림자를 지울 수 없어.

스마트폰, TV도 외로움의 주범 아닐까? 카톡 페북 이런 SNS
를 통해 아는 사람은 많아졌지만 진실한 관계는 오히려 줄어
들었지.

라이프스타일의 변화가 큰 원인일 거야. 1인 가구 증가, 미혼
– 비혼 증가, 비정규직 파트 타임제 일자리 증가, 고령화 사회,
혼밥 혼술 혼영 같은 〈혼자 사는〉 생활문화의 변화. 그로 인
해 혼자 있는 시간이 늘어난 것.

이혼 별거도 그렇잖아? 당사자들은 물론 자녀들도 어릴 경우
충격을 많이 받는데.

상실에 따른 외로움도 있어. 이 외로움은 인간이라면 누구나 피할 수 없는 외로움이야. 그래서 학자들은 '발달상의 외로움'이라고 한대. '빈 둥지 증후군' 같은 거지. 같이 살던 자녀가 성장해서 부모 곁을 떠날 때 겪는 외로움.

자식을 떠나보낸 부모만 외로운 게 아니고, 자식 역시 외로움을 겪어. 낯선 곳에서 이방인이 되는 외로움을 겪게 되지. 그동안 의지했던 부모(가정)라는 기반이 사라지고, 모든 일을 스스로 해야 하는 상황에서 자신의 진정한 모습을 보게 되지.

그럴 때 사람은 성숙하겠지? 부모나 자식이나 상실의 두려움과 외로움을 어떻게 받아들이고 그 고통에 어떤 태도를 취하느냐에 따라 사람의 내면도 깊어질 거야.

중년에 찾아오는 외로움도 있어. 지금까지 자식과 가정과 직장생활에 앞만 보고 열심히 달려 왔는데, 어느 날 문득 자신을 습격하는 한 마디. "나는 무엇인가, 내 인생은 뭐지?" 그러면서 외롭고 허전하고 두렵고 이루 헤아릴 수 없는 감정에 빠지지.

투병의 외로움도 있어. 병에 걸리면 일상생활 불가, 격리로 인한 고립과 소외, 창문으로나 바라볼 수밖에 없는 세상, 자기 몸 하나 챙기지 못한다는 무력감, 병이 잘 나을지 모른다는 초조함이 외로움을 깊게 해.

사별, 이혼, 별거, 연인과의 이별 모두가 살아가는 과정에서 오는 외로움이야. 그런 외로움은 모두 자기가 버려졌다는 느낌 때문에, 또 그 고통이 오래 지속되기 때문에 견디기 어렵지.

그래도 원인이 있는 외로움은 나아. 그 원인을 제거하면 외로움에서 벗어날 수 있으니까. 그런데 〈명확한 이유 없이〉 외로움을 느끼는 사람도 있어. 특별한 일이나 문제가 없는데 심하게 외로움을 타는 사람.

외로움도 유전일까? 아무 이유 없이 외로움에 고통 받는 사람
들은 유전인가?

"사람은 스스로 외롭다고 생각할 때 비로소 외로워진다." 내가 읽은 어떤 책에 나오는 말인데, 정말 그런 것 같아. 자기가 외롭다고 생각하지 않으면 안 외로운 거지.

그래서 외로움은 주관적 감정이라는 거야. 혼자 있어도 외롭지 않을 수 있고, 여러 사람과 같이 있어도 외로울 수 있으니까.

외로움은 자아존중감과도 관계가 있어. 자아존중감이 낮을
수록 외로움을 더 심하게 탄다고 해.

그래서 그런가? 사람이 외로우면 자신은 물론 다른 사람을
부정적으로 평가한대.

노인보다 젊은 세대가 더 외로울 수 있어. 젊은 세대가 사회활동이 많아서겠지. 사회활동에서 오는 스트레스가 외로움을 키운다고 봐야지. 평가 당하고 따돌림 당할 때 자신을 쓸모없는 무가치한 존재로 느끼니까. 그때의 고통은 이루 말할 수 없지.

외로우면 슬프고 무기력하고 불안하고 우울하며 생기가 없고 지루하며 공허해. 자신과 세상을 부정적으로 보게 돼. 너무 오래 외로움에 젖어 있으면 몸에 병이 나.

사람마다 외로움을 느끼는 정도도 달라. 어떤 이는 외로움을 잘 견뎌내지만, 어떤 이는 사회적 관계가 조금만 위축되어도 크게 상처받고 외로워 해.

사람의 감정은 중립적이야. 중립적이란 말은 〈감정은 감정일 뿐〉이라는 거지. 그건 외로움도 마찬가지야. 그런데 많은 이들이 그 감정을 자기 자신이라고 생각해. 여기서 여러 문제가 일어나. 감정은 감정이고, 그 후에 어떻게 행동하느냐가 중요해.

아인슈타인도 이런 말을 했대. "참 이상한 일이다. 세상 사람들이 다 알아주는데도 나는 사무치게 외롭다." 그러고 보면 외로움은 인간 존재의 일부이자 인생의 한 단면 같아.

외로움의 친구, 쓸쓸함.

누군가가 외롭다고 할 때 그 말의 타당성이나 진실성 여부를 따지지 마. 우리가 할 수 있는 일은 그 말을 받아들이고, 그 상태로 한동안 있게 하는 거야.

외로움의 '외' 자도 모르는 사람보다, 가슴에 외로움 한 마리
키우는 사람이 훨씬 사람 냄새를 풍기잖아?

모든 것이 넘치는 세상에, TV 휴대폰 *끄고*, 인간관계 *끄고*, 외
로움이란 구멍을 만들어 그 속에 숨어 보는 것도 좋아.

외로움과 고독은 다르다. 외로움은 자기가 원하지 않는데도 처한 상태이고, 고독은 〈스스로 원해서 홀로 있는〉 능동적 선택이다. 인간이 성장하기 위해서는 고독이 필요하다. 창의성을 발휘해야 할 때도, 뭔가에 집중해야 할 때도 고독이 필요해. 작가, 도보여행자, 정신수련자, 예술가들은 스스로 고독을 찾아 들어간다.

외로움은 밖의 것을 구하지만, 고독은 안의 것을 추구한다. 외로움은 혼자가 되는 것에 대한 두려움이 있지만, 고독은 스스로 혼자가 되길 원한다.

혼자 있을 때 나는 나와 마주한다. 그 시간이 얼마나 고귀한가?

혼자 있어서 비로소 눈에 들어오는 것들. 거실 커튼 무늬, 원목 식탁의 나뭇결, 꽃병에 꽂아 놓은 가장자리부터 시들기 시작하는 꽃송이. 이런 자잘한 것들에 둘러싸여 내가 살고 있다는 발견.

인생을 사는 데는 견디는 힘이 필요하다. 외로움, 지루함, 가
난, 비참함, 등.

외로울수록 무기력에 빠져 의기소침할수록 하루 일과를 규칙적으로 할 필요가 있어. 아침에 일어나면 이불도 개고, 식사하고, 운동하고. 하기 싫어도 그런 일을 〈무조건〉 하는 거야. 그런 다음 다시 외로워 해. 그러다 보면 어느덧 외로움의 끝도 보이게 돼.

아무리 외로워도, 절망스럽고, 심지어 생을 버리고 싶은 충동
이 울컥울컥 올라와도, 우린 살아야 한다. 버텨라. 그곳이 삶의
끝자리가 아니다.

외로움에 밤새 들척거리는 바다. 그 바다를 비추는 등대.
등대도 외로워.

한 나라가 성숙하려면 '전외련' 같은 단체가 있어야 한다. '전국
외로운사람들연합'. 현대사회 외로움에 대해 연구하고, 외로움
극복 방법 개발하고, 외로움에서 벗어난 사례 공유하고.

매일 불 꺼진 집안에 들어서는 일, 밥솥의 상한 밥을 퍼 버리는 일, 아픈데 약 봉지만 머리맡에 구겨져 있는 일, 울리지 않은 전화기를 붙들고 잠이 드는 일. 이런 사무치는 외로움에도 우린 살 가치가 있어.

외롭다고 슬픈 얼굴 하지 마. 자주 샤워하고 매일 면도하고 옷
도 깔끔하게 입어.

사랑할 수 없는 사람을 사랑하려고 하지 마. 그때 네 심장이 쿵
무너져.

외로움을 살아내는 방법을 배워야 해. 외로움은 상처에서 오는 경우가 많아. 그러니 속으로 욕할지언정 상처입지 마. 인생이란 경기장에서 싸우는 한 상처 안 입는 사람은 없어.

외로움의 해결책을 함께 하는 데서 찾는다면 그건 잘못된 생각이야. 외로움을 극복하는데 가장 중요한 것은 〈외로움을 대하는 자기 자신의 태도야〉. 외로움을 이겨내든지, 그 상태로 괴로워하든지 결정을 내려야 해.

누구에게나 외롭고 고독하고 쓸쓸하고 절망스러운 인생의 암흑기는 있다. 그러나 평생 그렇게 암흑기인 인생은 또 없다. 언젠가 기회는 찾아온다. 그때 아무 것도 준비된 게 없다면? 찾아온 기회를 그냥 흘려보낼 수밖에 없다.

외로움도 흐른다. 지금 외롭지 않은 사람도 언젠가 외로워진
다. 또 지금 외로움에 푹 젖어 있는 사람도 언젠가 안 외로워진
다. 그때를 대비하라.

막연히 외롭다고 생각하지 말고, 무엇 때문에 외로운지 하나 하나 따져 그것을 노트에 적어 보자. 그러면 외로움의 실체가 드러날 것이다. 새롭게 인식하면 새로운 차원이 열린다.

스스로 틀어박혀라. 지금이 그때다 생각하고 파고들어라.

혼자 있을 때 그 시간에 무엇을 하는지 점검할 필요가 있다. 외로울 때 육체적 정신적 균형을 유지하기 위해서는 자기가 해야 할 일을 거르지 않고 하는 것이다.

사람은 누구나 '단독자'다. 단독자란 사람은 개별적이고 주체적 존재라는 거다. 이 말에는 외로움이 필연적으로 포함되어 있다. 외롭지 않고는 개별적일 수 없고 주체적일 수 없다.

사랑, 친함, 사교, 사회성을 빙자하여 오늘도 몰려다니지 않았는지. 그렇게 떼 지어 몰려다니며 성공하긴 힘들다. 잘 생각해보라. 여럿이 함께 있는 시간이 인생에 긍정적일지, 부정적일지.

어떤 그룹에 꼭 끼겠다는 마음보다 빠져주겠다는 마음이 더 소중할 수 있다. 그 그룹에 끼면 그 그룹밖에 못 보지만, 빠져주면 그 그룹을 포함하여 전체를 볼 수 있는 눈을 가질 수 있다.

때로 사람은 '독종'이 되어야 한다. 뭔가를 이루기 위해서는 그게 필요하다. 외로울수록 "나는 다른 사람과 달라", "난 분명히 뭔가를 해낼 거야."라는 자기 암시를 하고, 전력투구하여 밀고 나가라.

외로움이 자신을 갉아먹게 두지 말라. 외로움. 어떻게 대처
하느냐에 따라 인생의 큰 자산이 될 수 있다.

살면서 힘든 것 가운데 하나가 부정적 감정을 관리하고 이겨
내는 것이다.

외로움을 극복하는 방법 - 1) 규칙적으로 생활하라. 2) 평소
자기 문화를 가져라. 3) 인생의 목표와 의미를 탐구하라.(삶
을 살아갈 이유가 있는 자는 어떻게든 모든 것을 견뎌낼 수 있다
- 니체)

자기문화란 하루 24시간을 〈스스로 조직할 수 있는 능력〉이다. 목각, 서예, 원서 읽기, 수학문제 풀기, 올바른 종교 활동, 독서, 글쓰기 등과 같은 자기만의 일을 가져라. 지금 외롭지 않아도 언젠가 사람은 외로워질 수 있다. 그때를 대비해 자기문화를 길러라.

누구나 혼자 있고 싶을 때가 있다. 보통 10대부터 그렇다. 그 때부터 몸과 마음의 자립이 시작된다. 자기만의 방을 갖고 싶고 가족과의 관계에도 변화가 찾아온다. 인생에서 고독의 힘을 키우는 첫 시기이다.

자신이 외로운 사람인가 아닌가를 알고 싶으면, 평소 타인을 신뢰하는가 그렇지 않은가를 보면 된다. 타인을 자신의 삶을 방해하고 자신에게 아무 득이 안 되며, 심지어 해를 끼치는 사람으로 생각한다면 당신은 외로운 사람이다.

가정이든 학교든 우리 사회는 대체로 고독의 나쁜 면을 부각
시키고 있다. 고독의 긍정적인 면보다 부정적인 면을 많이
이야기한다. 그러나 고독은 인간의 일부다. 인간인 이상 고
독하지 않을 수 없다.

침잠. 가라앉는다는 말. 너의 외로움에 깊이 가라앉아라. 침잠하는 동안 무엇을 할 것인가 생각하라. 무슨 일을 하며 어떻게 시간을 보낼까. 왜냐하면 죽지 않는 한 가라앉았으면 언젠가 다시 떠오르기 때문이다.

너 자신에게 크게 기대를 걸어라. 너 자신을 비범하게 생각
하라. 너 자신을 언젠가 무엇인가를 할 사람으로 여겨라.

인간관계도 벌여 놓은 일도 가지치기해야 할 때가 있다. 지금이 바로 그때인지 모른다. 정리하라. 홀가분하게. 그리고 혼자 있어라.

가방 속, 주머니 속, 지갑 속을 간단히 하라. 그 속이 복잡하고 지저분하면 당신 머릿속도 그러하다.

외로움 자체는 별로 좋은 게 아니지만, 외로움에서 좋은 것들이 자라게 할 수 있다. 외로움을 대하는 우리의 자세는 1) 감춘다, 2) 드러낸다, 3) 새로운 목표를 위해 발전의 밑거름으로 삼는다, 정도이다. 어떻게 하겠는가?

혼자 있는 능력도 길러야 생긴다. 오늘날 혼자 있는 걸 견디지 못하는 사람들이 늘고 있다. 그러나 혼자 있을 때 우리는 자신으로부터 달아날 수 없다. 따라서 그 시간을 소중히 생각하고 활용하는 법을 배우는 게 좋다.

혼자 있을 때 자신을 심판하지 마라. 심판하면 그 시간이 고
문과 같다.

현대사회는 '나 홀로, 함께' 하는 사회다. '함께'의 결속도가 떨어지면서 외로움도 커진다. 지배와 소유, 경쟁과 정복, 성취 같은 우리 사회의 지배적 가치관도 사람을 외롭게 한다.

과학기술 발달로 인한 사회의 빠르고 거대한 변화, 그로 인한 현실세계의 불확실성 증가로 인간은 자기 삶으로부터 소외되고 크게 외로움을 느낀다.

왜 나를 알아주지 않는 걸까? 왜 나는 실패할까? 버림받을 것
같아. 지금까지 인생에 의미가 없어. 이런 생각에 사로잡히
는 한 당신은 외로움에서 벗어나기 어렵다.

예전과는 달리 많은 사람들이 자기 삶을 다르게 살려고 한다. 돈을 좀 덜 벌더라도 자기만의 시간을 가지려 하고, 큰 집보다는 작더라도 자기만의 공간을 가지려 한다. 그러다 보니 따라오는 외로움.

살면서 중요한 것 – 침묵과 대화, 고독과 참여, 거리 둠과 가까움, 개인과 공동체 사이에 균형을 유지하는 일.

외롭더라도 자기 외로움에만 집착하지 않고, 타인의 고통을 살피는 것, 그것은 신성한 일이다.

외로움은 왁자지껄과 기고만장의 반대편에 있다. 외로움의 길은 자기 어깨 폭만큼이나 좁은 길이자 돌아봄이고 울음이자 피 흘림이다. 그 길을 가라. 외로움의 길에 서 있는 사람들 만세!

내가 나한테마저 버림받을 때 나는 울지도 못한다. 그곳이 바로 세상의 극지다.

지금이 바로 그토록 원하던 〈혼자 있고 싶어 하던 때〉가 아
니냐. 그럴 수 있게 된 일에 감사하라.

외로움이 당신 심장을 두드리면, 그래 고마워 찾아줘서, 하고
맞아들여라. 그런 후 밤을 묵는 손님처럼 같이 있어라. 그렇게
아침마다 외로움으로 피어나라.

외로워도 고통스럽지 않다면 얼마나 좋을까? 그 몹쓸 고통만 없다면 얼마든지 외로울 수 있겠는데. 그러나 고통 없는 외로움이 어디 있겠는가?

외로움은 늘 떠 있는 당신을 밑바닥까지 푹 가라앉게 한다.
어떤 힘이 그렇게 깊이 당신을 가라앉히겠나.

우주 공간에 떠 있는 수천 억 개의 별이여. 어둠 속 빛을 내는 외로움의 질량이여. 그러니 외로움은 우주적 감정이 아니겠는가.

내가 너를 알지 못하고, 네가 나를 알지 못할 때의 외로움. 그
러나 내가 너를, 네가 나를 조금씩 알아가면서 허물어지는 외
로움.

하고 싶은 일이 많은데 할 수 없을 때, 사랑하고 싶은데 사랑
하기 어려울 때, 사람은 외로움에 가슴을 습벅 베인다.

무엇이 사람을 혼자이게 할까? 집중, 몰입, 여행, 명상, 골몰….
일상의 끈이 모두 증발되어, 오로지 고요만 원형질처럼 남을
때는 언제일까?

사랑이 깊으면 외로움도 깊어진다. 사랑은 외로움 속에서 나
누어진다.

음식만 소화시킬 시간이 필요한 게 아니다. 어떤 일로 일어난 감정도 소화시킬 시간이 필요하다. 혼자 있어야 할 때다.

모든 사물(인간)은 유한하며 상처 나기 쉽다. 깊은 연민과 배려가 필요하다.

●●● 외로움에 고통받는 이에게

외로움에 지쳐 있는 사람에게 내가 뭐라고 할 수 있을까? 뭐라고 그들을 위로하지? "힘내. 좋아질 거야." 이렇게? 이런 상투적인 말을 건네야 할까? 아니면 외로움을 극복하는 방법 1), 2) , 3), 이런 식으로 들이대야 할까? 이 모든 말들이 응원이나 위로가 될 수 없다는 것을 나도 잘 안다.

그래서 솔직히 망설여진다. 생의 아픈 현실은 늘 어떤 말보다 앞서 있기에, 위로하는 일이 주저해지고 머뭇거려진다.

각자의 자리에서 우리는 긴 인생을 같이 간다. 우리는 혹 어느 구비에선가 만날지도 모른다. 그때 너를 보고 내가 먼저 말을 건넬지도 모르지. 그럼 너도 나에게 말을 건넬 준비를 하고 있으면 좋겠다. 외롭더라도. 그 일은 사소하지만 위대한 일일 거야. 네가 마음을 열었다는 거니까. 지금은 이렇게밖에 말할 수가 없구나. 사랑해.

●●●도움 받은 책들

◆ 외롭지 않은 삶을 위한 유대인의 지혜 / 랍비 마크 카츠 / 책읽
  는수요일
◆ 혼자 있는 시간의 힘 / 사이토 다카시 / 위즈덤하우스
◆ 고독 / 헨리 뉴엔 / 성바오로출판사
◆ 고통스러운 감정을 넘어서 / E E 화이트헤드, J D 화이트헤드 /
  성바오로
◆ 외로움 안아주기 / 문종원 / 바오로딸

글쓴이 조재도 님은 시인이자 아동청소년문학작가입니다.

2018년 12월 19일 제1판 제1쇄 발행

지은이 조재도   **펴낸이** 강봉구
펴낸곳 작은숲   **등록번호** 제406-2013-0000801호

주소 10880 경기도 파주시 신촌로 21-30(신촌동)   **전화** 070-4067-8560
팩스 0505-499-8560   **홈페이지** http://cafe.daum.net/littlef2010
이메일 littlef2010@daum.net

ISBN 979-11-6035-055-5 02810
값은 뒤표지에 있습니다.

이 책의 수익금 일부는 저소득층 가정 청소년 생리대 후원으로 쓰입니다.